# Le mauvais sang

suivi de

# Feu de brousse

et

# A triche-cœur

Du même auteur :

*Poèmes*

Le mauvais sang (Caractères, 1955).

Feu de brousse (Caractères, 1957).

A Triche-Cœur (P.J. Oswald, *Collection "J'exige la parole"*, 1960).

Epitomé (P.J. Oswald, *Collection "L'aube dissout les monstres"*, 1962).

Le ventre (Présence Africaine, 1964).

Le mauvais sang - Feu de brousse - A Triche-Cœur (Réédition, P.J. Oswald, *Collection "L'aube dissout les monstres"*, 1970).

Arc musical, précédé de la réédition de Epitomé (P.J. Oswald, *Collection "P.J.O.-Poche"*, 1970).

*Anthologie*

Trésor africain (Pierre Seghers, 1968).

Verso de couverture :
Photo GELABERT

Tchicaya U Tam'si

# Le mauvais sang

suivi de

# Feu de brousse

et

# A triche-cœur

L'Harmattan

ISBN : 2-85802-084-1

5-7, rue de l'École-Polytechnique
75005 Paris – France

L'Harmattan, Inc.
55, rue Saint-Jacques, Montréal (Qc)
Canada H2Y 1K9

L'Harmattan, Italia s.r.l.
Via Bava 37
10124 Torino

*à Sammy.*

# Le mauvais sang

# Le mauvais sang

*(andante)*

I

POUSSE ta chanson — Mauvais sang — comment vivre
l'ordure à fleur de l'âme, être à chair regret
l'atrocité du sang fleur d'étoile, nargué
Des serpents dans la nuit sifflaient comme des cuivres

Cotillon mille soleils ressac pour un chant d'orgues
mon sang s'est dispersé car un preux demain
dira sur ma ville tout comme un beau destin
nous n'irons plus pleurer sous le ciel gris des morgues

Je serai la mouette la morte par déveine
Un grand gibet levé remise pour les peines
m'emporte haut et fier en habits festonnés

Pleure le malheur viendra ternir les diamants
Ton sang te matraque, ô mes cœurs époumonés
Je suis noir fils solaire à main le chant dément.

## II

DEMAIN nous serons sages
Tu me crois, dis ? Demain
Nous aurons un destin
neuf au fond d'un voyage

Oui oui nous marcherons
Et dans tes mains si belles
Je mettrai fier fidèle
Ma joie : nous chanterons

Plein d'oubli sans passé
de quoi ai-je rêvé
Ta vie ma vie la vie

Dans son songe fini
verserons nos ciboires
Et notre fleur d'un soir

## III

La pluie avait parlé
Comme dans un bréviaire
Les taches de misères
Etaient toutes perlées

La pluie avait dansé
Comme un bel ours de verre
Je bus son vin amer
Sur les toits bleus mouillés

Le spectre de la pluie
Est beau quand il s'enfuit
L'écho le peuple en vain

Belle pluie, douce pluie
Je t'attendrai demain
Si je meurs — d'Ennui

## IV

MERCI légère amie
Ma fleur de safran vert
Allons donc bons baisers
A la mouette, je dis

Merci.

Je gage pour l'oubli
l'érable est sous la serre
Pour un destin plus clair
l'adieu tarde c'est dit

Merci.

Le thé était bon oui
Le tête-à-tête aussi
Dieu il faut que je parte

N'ai-je rien oublié
Je pars émerveillé
Oh ! merci pour la tarte...

Merci...

## V

UN soir un temps au faubourg
Un air persiste je doute
indolent rêveur j'écoute
Un chant né des alentours

Il s'apprête, il fait le tour
De la ville qu'il envoûte
Un air persiste et j'éeoute
un soir un temps pour l'amour

L'appel se voile frileux
Une bouche s'ouvre et veut
Le rendre pieux et ardent

A qui rêve de fleurs bleues
Pour la saison des aveux
Un soir au faubourg un temps...

## VI

MON cœur n'a fait qu'une dérive
Oh ! il tombait une pluie d'ambre
Dans un coin d'oubli en décembre
quand trop seule s'est tue la grive

Dans l'ombre sûre qu'une âme avive
Un front seul et serein se cambre
se dévie aussi dans la chambre
Pour qu'un destin plus fort survive

Le geste de l'homme meurtri
D'être toujours aimé, chéri
Qui me l'a dit. N'y plus penser

N'y pensons plus, le ciel d'étrennes
Fut bien pâle, le cœur de peines
fut meurtri, ah ! n'y plus rêver !

## VII

DRAPS sales lilas blanc
Le linge de famille
Le temps que l'on gaspille
Pour refaire un serment

Un collier de serpent
Le joueur de manille
Pour deux sous de vétille
A donné au sergent

Sa fille Bell'Hélène
Aux yeux fous qui sereine
a dit comme un bijou

Ce qu'il y a de plus doux
Pour un chaud cœur d'enfant :
Draps sales et lilas blanc

Demain j'aurai vingt ans.

## VIII

De qui ai-je rêvé, de qui ai-je rêvé ?
J'ai un sang chaud et fort et l'amour dans mes veir
J'aime autant le bleuet, j'aime autant la verveine
Mais moi qui m'a aimé, oh qui donc m'a aimé ?

Toi qui passes et que je regarde muet
Devisant tristement que fleur n'est au pollen
J'hésite de crier le seul mot que je traîne,
calvaire lancinant sur ma lèvre butée !

O refrain saugrenu voici mon cœur à nu
Mes mains sanglantes L'aveu du livre relu
Sur la moire bleue de son front de belle enfant.

Ah ! Le chant vaillant des ramiers mauves me navre
dans mon destin cassé je porte des cadavres
hideux... voici le bal il faut aimer... pourtant

## IX

TAFFETAS falbalas feuilles mortes,
Songes atones merveilles grises,
Pans trop fauves des vieilles églises,
Parfum serge calme des eaux fortes ;

Dans l'oubli du feu que l'ombre avorte,
Et ombre où ma chimère s'enlise
J'ai vu la lun' la fleur de cerise
A la main faire le porte à porte,

Un soir tout était couleur d'oubli
La camomille sentait l'anis ;
Ma douleur s'épaississait d'ivresse.

Mais le rossignol se tut blessé
et je retrouvais dans ma détresse
Mon désir amour dépareillé.

## X

MON Dieu cette déraison,
Sur mes pas le même oubli,
Dans l'ombre, même fouillis
Contre l'arrière-saison

Toujours le même horizon
Là une tombe des ifs
Des hommes meurtris
Ici un pré, des maisons

Où s'élève une fumée.
— Eh, bien, en voilà assez
Assez, je suis jeune encor

J'ai deux mains, et un cœur d'or
J'ai l'audace et la ferveur
Tenez prenez-moi mon cœur

## XI

*A ceux qui oublient.*

FUT la dure leçon
Pour apprendre à t'aimer
Pense sauf pot cassé
Maille à maille un chaînon

à la décence des yeux

Clair comme une chanson
Pense sauf passe-pied
Ou baise main gantée
pis amour sauf félon

à la candeur du juron

Les crachats sont amers
La pacotille en verre
Se vend à toute époque

à la candeur du juron

Fut la dure saignée
N'oublie les pots cassés
Les baisemains *ad hoc*

à la décence des yeux.

## XII

QUELLE est donc cette plainte
Qui n'est jamais flétrie
Qui n'est jamais meurtrie
Dis quelle est cette crainte

Pleure vive l'outrage
ni rides ni besogne
Belle et nue mais ivrogne
Tu te veux sans courage

Ta terre te refoule
t'a vendue haut la houle
Ah ! crève donc de rage !

Dans chaque lit on voit
ta mère ivre en rut pouaf !
le démon la croit sage.

## XIII

## CAPRICE

L'AIR sentait l'huile de ricin
L'herbe était onctueuse et douteuse
Je revis la folle diseuse
Et notre joueur de buccin

L'angoisse épaulait l'ennui peint
sur les laques bleues où rêveuses
passent sans hargne les lépreuses
L'air suintait du vin des festins

Oh ! certes pour qui a le cœur
à mal le ciel se fait veneur
le hic fait la cible des jours

Mais refaites amen adieu
Et beau serment de mort heureux
La vie peut être belle un jour

## XIV

## LE PAIN BIS

Sur les vitres sombres vert-cuit
Je t'ai cherchée comme un oiseau
Bleu ivre sous l'arche des mots
L'arbre n'avait plus qu'un seul fruit...

J'ai quitté le jardin depuis
l'autre saison. Reviens bientôt
vrai je finirai il le faut
notre si beau meurtre à l'ennui.

Femme jolie amante aimée
Francs baisers salons verts froissés
Qu'est-ce l'air saigne le ciel doute

Oh que ceux qui partent sont beaux
Quand au ciel il y a des routes
Eux ils vont conquérir l'écho !

## XV

## SAUVETAGE

CŒUR mal oublié cœur saccagé
le fil craque cassé sur la trame
la saison croulant d'oiseaux fous clame
dans les coins verts de nids constellée :

Morts détrompés, morts sanctifiés,
bientôt le temps sera sang sur flammes
rendez-vous donc vendez-nous vos âmes
pour que refleurissent les trophées !

Il pleut toujours sur terre ô Destin
Qui m'a promis le temps d'un chemin
Souvenir... du jasmin... L'arbre griffe

La plaie qu'on lave au courant de l'eau
Les songes plongent pris en défaut
Mais le chant se recrée sur l'esquif.

## XVI

## SANS REGRET

*à D. L.*

LES roses c'est si vrai ne pouvaient plus fleurir
Fin automne sur ce Paris fardé de cendre
Cette vieille douleur plâtrée allait me pendre
Ombre seulette vivre c'était mon désir

Je marchais mon chemin je rêvais d'en finir
Avec ce bouge noir à déboires et revendre
Pour un sou ce si peu de chair jadis si tendre
O destin nargué ma passion partir partir

C'est si vrai les roses et la boue sale des lunes
Repeignaient sur ma ville ouverte le jet pur
D'un bouquet d'automne sur le macadam dur...

La pluie a éclaté des chairs d'angélus bleus.
Tintait un glas lentement j'éteignais mon feu
Sans regret, oiseaux blancs, c'était humble fortune.

## XVII

Donc fichu mon destin sauvez seul mon cerveau
Laissez-moi un atout rien qu'un cerveau d'enfant !
Où le soleil courait comme un crabe embêtant
Où les mers refluaient m'habillaient de coraux...

Ils ne conviendront pas qu'enfant j'eus les boyaux
durs comme fer et la jambe raide et clopant
j'allais terrible et noir et fièvre dans le vent
L'esprit, un roc, m'y faisait entrevoir une eau ;

Et ceux qui s'y baignaient se muaient en soleil
Je m'élançais vers eux des crocs de mon sommeil
Dans ce rut fabuleux ma tête s'est fêlée...

Donc fichu mon destin l'eau qui rouille le fer...
d'un clair de lune froid monte une terre ourlée
le soleil vrille encor franc dans mon poitrail clair.

## XVIII

Les cloches se sont tues dans ma ville Mais Tu
sais le reste un brin d'ambroisie un peu de sang
et ma passion coincée dans l'écluse du temps
Les jours qu'il fallait compter à rebours la rue

Notre rue avec ses promeneurs beaux émus,
fiers et sonnant le cœur comme ce preux dément
qu'aucune bien-aimée n'écoute au soir venant
des regards des veillées et des déconvenues.

Mais les jours réglés sur d'effroyables je t'aime
Tout s'expliquait par le petit train du blasphème
On jouait je ne sais quoi..., un pieux hallali.

Seul, j'écoute, je doute, il pleut et c'est certain
Comme seul l'oiseau au plus fort des tragédies,
je chante pour n'être pas vaincu à la fin

## XIX

## JADIS

CALICE ocre et blanc et chairs fortes
Des mains tendues par déchéance
cœur où se dévêt mon enfance
Le vent chacal ricane aux portes...

Par les feux roux que tu apportes,
Trop blets sont les fruits des semences
d'ou vive l'étoile s'élance
Le vent court dans mes jambes mortes

En attendant il faut qu'il pleuve
ma solitude fait la preuve
que j'ai bien trahi mes amis.

Né de mère inconnue, vénale
Ma faute grandira l'oubli
Je fus troqué contre le mal.

## XX

Il pleut mon Dieu il pleut toute la ville est sale
Un manège me monte à la tête sublime
Je me sens centenaire et plaide ce faux crime
que je n'ai pas commis j'ai lu la loi pénale

Le ciel même est cassant devant mon ombre astrale
J'ai repris la palette des pleurs pour ma rime
Je suis nouveau à tout et le ciel se déprime
Il pleut mon Dieu il pleut toute la ville est pâle

Un manège me monte à la gorge La route
Laisse ici sa tresse Et l'on me distille goutte
à goutte une ambroisie ma défaite un adieu

J'ai repris ma palette des pleurs le chevalet
la fleur du genêt sur une brassée le vœu
J'ai froid mon Dieu dehors il fait si frais si frais.

# Les crépusculäires

*(largo)*

## I

## LE MAL

*à P. Bablet.*

Ils ont craché sur moi, j'étais encore enfant,
Bras croisés, tête douce, inclinée, bonne, atone.
Pour mon ventre charnu, mon œil criait : aumône !
J'étais enfant dans mon cœur il y avait du sang.

Dans mes mains d'enfant public il y avait le temps,
La nuit, ma voix, au ciel, faisait les astres jaunes ;
J'enfermais mon chant cru dans le fût d'un cyclone,
Je peignais des signes bleus sur les talismans.

Ils ont craché sur moi pour bénir l'inceste ;
ma terre a jailli d'or et gangrené le reste
ils ont rampé plus bas, ils m'ont brisé les veines,

Et l'or sur mon sang faisait comme une éraillure
de fruit battu fange où tout volait en cassures...
J'étais enfant couché sur un lit de verveine.

## II

## RETOUR

MON signe est le cœur vert d'un soleil éraillé
livré pour offrande à tous ceux qui vivaient nus
plus bas que le destin qui fit mon sang têtu
plus têtu dans le roc où la mer s'est raillée

Ah je retourne à la lumière encanaillé
le temps s'encroûtera sur mes lèvres charnues
l'enfant naîtra sublime face aux cris de la rue
C'est son signe il aura un front souple émaillé

Le ciel bleu blanc. Des oiseaux d'onyx s'en reviennent
Comme des fruits trop mûrs il crève les antiennes
Son signe s'accroche aux branches comme un jet d'eau

S'en revient ma fée naine aux couleurs d'arc-en-ciel
J'invoque le travail m'amie trait du miel
je suis sauvé grâce à la couleur de ma peau

III

## LES CRÉPUSCULAIRES

LES cormorans rusaient dans le ciel opalin,
Grenouilles et croissant d'or ! ô plénitude une !
torchis, sang flamboyant où tournoie ma rancune
Rien qu'une fois trahie soleil levé matin.

Non je ne veux plus battre à perdre sang mes mains
ô rêve qu'on me fasse au signe de la lune
Je veux après la danse au soir sur la lagune
Parée de pollen clair chasser toujours l'ondin.

J'étais gardienne des vignes et non des vaches
Seule contre seule, ô meurs pour qui te cravache
Qu'on me fasse au signe de la lune, ô saisons.

Christ trahi voici ma croix humaine de bois
Je dansais quand le voleur est entré chez moi
Est-ce raison de danser toujours sans raisons ?

## IV

## ENTENDU DANS LE VENT

UN, deux, trois, un as de pique, un valet de cœur :
Mauvais ! un long voyage... où vous serez pendu —
Vous mourez dans un lit avec plein de vertus.
Une chance : Signe solaire à gauche... un malheur :

Je revois des champs noirs où se vautre un viveur
Etrange, étrange, et pourquoi ce bélier cornu
Après le roi de cœur un deux trois : Belzébuth...
Un, deux, vous mourez donc ; trois, et d'un mal au cœur :

Pendu tiens le soleil ne se déplace pas !
Ouvrez votre bouche et vos mains : des cancrelats !
Je ne vous vois ni père, ni mère, ni frères...

Et ils ne sont ni morts, là... ni vivants, ni morts !...
Bon ! un, deux : scorpion, trois : vierge, ah ça c'est fort !
Monsieur, je voudrais voir comment sont vos viscères !

## V

## ESQUISSE

*à Daniel Rachline.*

O torchis ensanglanté toi ciel vitriolé
de ma savane paille or des liqueurs mauvaises
vous lunes craquelées qui tatouez les glaises
ombres croisées mânes méchants hideux colifichets ;

Des lézards, des cafards ont mis des arabesques
mutinées dans les voix. De sa chanson charnelle
le fauve a gangrené la terre qui craquelle ;
et des feux dans les vents se dandinaient burlesques.

Ce pays se dentelle appauvri d'un ciel bas
l'hyène à genou lèche une vierge qu'on immola
pour la souillure mauvaise d'un chant païen.

Et l'ouragan déferle et la flamme survient
le fouet calque sur la peau une lettre rouge
les charognards plongent et l'œil qui les suit bouge...

## VI

EFFEUILLE ainsi la fleur
les miroirs s'embueront
au jeu des balafons
où l'eau crève un noceur

il avait pris la vie
par le mauvais côté
des chairs de nouveau-né
qui puent fort le gri-gri

et c'était hibiscus
ou fleur d'eucalyptus
effeuille effeuille effeuille

Ell' me prend dans ses bras
— rue mon fou-chèvrefeuille
— mon cœur en éclata...

## VII

La pierre est dure Il se fait dans mes mains des loques
se déchire le roc se déchire le lé
en mon cœur témoin il brûle ce flambeau-clé
ô volcans ô géants ressac à fendre roc

Roc témoin s'il éclate ah non n'éclatera
et si la chair est roc c'est : plus besoin de pleurs
je m'y fais je m'y fais hommes voici mes fleurs
à l'image du sang ce vent sonne un glas

Amour souffre douleur pierre gavée de chair
cœur de pierre et cœur de roc si troué cœur souffert
la charogne ça prouve à l'enfant qu'il rêvait

Cœur de pierre obtuse et l'amour à mort viendra
aux volcans aux géants cœur de roc mais voilà
la détresse ça prouve à l'oiseau qu'il sifflait.

## VIII

C'ETAIT quand les soleils soufflaient sur les clairières
Tous deux dansions une valse lente et terrible
la pluie toujours venait lente à nous sa cible.
Nous étions Elle et moi que mains et paupières

Et dans nos voix toujours les chansons les lumières
s'enflammaient rêve ancré dans une belle eau paisible
les vents étaient de taille volupté Terrible
ce long chemin — toujours — où croisaient des sorcières

les serpents dans leurs mains faisaient des sortilèges
déments nos pieds dansant mille sons mille arpèges
Et toi voilée moi chaste après vigilant fou

Volupté volupté du sang sur la prairie
je suis passé par là près de l'arbre du génie
les vents prêchaient le Christ est un fétiche à clous.

## IX

## LARGO

M'EMPOISONNENT
les romances rares,
les civilités entre citadins,
les filles aux seins beiges
les noms des villes
m'empoisonnent.

Me désole
ce ciel si plat,
la pluie qui tombe
ma voix qui m'agace
me désole.

M'affole
cette eau si pure
ce dont je me souviens
les couleurs du temps
l'oubli mal niché
mes mains qui durcissent
m'affolent.

M'étonne
le jour qui tarde
les paysages trop gris
ma forme qui déserte
la bûche qui fume
mon destin qui ne vient
m'étonne.

## X

### PASSE-TEMPS

Les mots n'ont pas de centre de gravité
Ils tiennent debout penchés ou couchés.

La lumière n'a pas de sillage,
La vie la vie rendez-moi la vie !

Le chemin n'est pas un drap,
La rose, c'est drôle, ce n'est pas le lilas.

La soie n'est pas tout à fait la rayonne,
L'homme a inventé seul le gramophone.

J'imagine une tombe sans croix,
Une mer sans houle, un pays sans lois.

J'imagine une pluie sans pli,
Un oiseau sans plumes, un oiseau sans nid, blanc.

Drôle d'histoire que la mienne,
Une jalousie sans persienne... Qu'elle revienne.

Mon cœur sans douleur,
Un parfum sans douceur...

Des passe-temps sans larmes, ni supplices
Qui soient des miroirs sans charmes... ni malices.

## XI

## SYMBOLE

Une toupie tourne
Qu'importe sa valse
L'enfant seul regarde
Le chien vient aboie
Les yeux portent mal
Le délire des feuilles
Un chien vient aboie
O que m'as-tu juré ?

Je tends mal mes mains
Sans croire aux miracles
Qu'importe ma valse
J'ai fermé les yeux,
Je vais être absent
Sur ma vie chagrine,
L'enfant seul regarde
Une toupie tourne

XII

## ESPÉRANCE, O SAVANES

Le jour t'élève à l'envers des soleils couchants
Qui es-tu hurleur ta tête tourne au vin bu
La volée des feuilles flagelle ton corps nu
Qui es-tu quel poison écartèle ton sang
La fleur du caféier lève et s'ouvre au silence
Des savanes.

Il monte il vient un songe du fond des étangs
Géant du chaos le rêve est ressuscité
Les âges vont pendre à la chair si décriée
La mer détraquée racle à chaud un mal dément
La fleur du caféier lève et s'ouvre au silence.
O savanes !

Sur chaque tombe lourde il pèse une amulette
L'oraison païenne affuble des ossements
A tous les cœurs perdus le signe triste ment
De la plaie l'ombre enfin se porte à l'eau. Défaite !
La fleur du caféier va s'ouvrir au silence !
O savanes !

Dos à dos et seul contre seul il fut jadis
Un long chemin s'en souvenir la chair craquelle
Paradisier déploie au vent tes plumes belles
Croix du sud dans la nuit terreuse irradie
La fleur du caféier lève et s'ouvre Espérance
O savanes...

## XIII

## LE GROS SANG

J'AI donné ma tête contre un faux néant
Pour retrouver la large épopée des géants...
Je suis l'acier trempé, le feu des races neuves
Dans mon gros sang rouge écument troublants des fleuves

Des fleuves où végètent crûment des poisons
Monde grossièreté Astre gueule à jurons
Vois j'apporte plus d'un rêve humain dans mes mains
Il me faut l'espace et j'ai honte de la faim

Ma chair a rudement crié contre mes tempes
Des passions pailletées soleils flottants sans hampe
Mon destin écorché éclate de soleil
Il ne faut plus dormir je sonne les réveils

Au coin d'un ciel ô charognard temps malmeneur
Tu n'auras pas ma carcasse je sors vainqueur
Ma prunelle est d'acier mon rire est de fer
Mes mains ont tout détaillé j'ai fait le jour clair

J'ai disloqué les vents puisqu'il faut qu'on m'entende
Pour retrouver blessant les désirs qu'on ne vende
Je suis l'acier trempé, le feu des races neuves
Dans mon gros sang rouge écument troublants des fleuves

## XIV

## SILENCES

— On peut tout dire avec une main
qui s'ouvre à la honte

— on peut tout défaire avec une bouche
qui ment à l'amour

— on peut tout voir dans le ciel de pluie
même les destinées mortes à l'espoir

— Un pont passe entre nos deux corps rives si lointaines
et l'arche se brise au rêve d'unisson
une route qu'on construit à ma rencontre
et je simule la paresse
marcher pour marcher
    Quelle bassesse !
on me reconnaîtra parmi les larrons

— J'étais probe... Ah les diadèmes !

## XV

## LE SIGNE DU MAUVAIS SANG

Je suis le Bronze l'alliage du sang fort qui gicle quand souffle le vent des marées saillantes

Le destin des divinités anciennes en travers du mien est-ce raison de danser toujours à rebours la chanson ?

J'étais amant à folâtrer avec les libellules ; c'était mon passé — ma mère me mit une fleur de verveine sur ma prunelle brune.

Je sentis mon sang allié sourdre des cadences rauques où bâillaient des crapauds pieux comme des amis.

Très pur le destin d'un crapaud !

Un pays tout latérite, des cauchemars qui fendent le crâne avec la hache des fièvres.

J'accuse la lumière de m'avoir trahi.

J'accuse la nuit de m'avoir perdu.

En vain, je promène une morte dans mon destin et le rire des mères et mon cœur enlisant et ce fleuve si lisse où ne poussera le liseron fin je porte aux mondes deux mains et leurs dix doigts pour une arithmétique élémentaire où se chiffrent naître aimer mourir et le corollaire qui est du corail colorié.

De mémoire d'homme l'orgueil fut vice j'en fais un Dieu pour vivre à la hauteur des hommes d'honnêtes fortunes.

Je suis homme je suis nègre pourquoi cela prend-il le sens d'une déception ?

Dix doigts pour une arithmétique élémentaire.

J'ai beau être le Bronze il m'en souvient : tout Juif est un régicide-né le Christ est un innocent et il faut que meurent les innocents, mais moi je n'ose mon suicide.

Alors le Golgotha c'est quoi ? je n'ai pas choisi d'être bâtard. Vint la cruauté la saveur aux lèvres.

La logique veut : il faut construire le monde...

Mais il eût fallu graver sur les pierres d'autres symboles et voir à tout prix dans le monde des regards qui fondent en larmes.

J'aurais payé mon tribut.
Splendeur !..

Fleuve non mer non lac non, arbre oui arbre mauve à l'endroit du soleil rond, arbre la nuit mille et mille lucioles en font un diamant brut comme la naissance et j'ouvre mes bras pour me chercher une mère-Misère ! Pitié ! Splendeur ! Clopin-clopant infernale cadence ! fleuve mer lac non non viendra l'orfèvre Je fermerai mes bras pour retrouver un cœur de pierre. Crève donc !

Avant écoute c'est le chant du coq la terre est lumière nous allons mourir le cercle de la vie va nouer sur nous son énigme les bêtes sont des fantômes nous sommes leur conscience chut ! la lune... je suis mort par vilenie mort mort sanglant — Splendide ! par un clair de lune du coton blanc dans mes narines noires.

Les chacals se sont tus pour m'entendre chanter O terre hantée Trois fois je t'exorcise. C'est moi — j'appelle folie ce qui dénoue l'homme.

Les limaces lissant leur chemin ne parlent pas d'audace où trouver un symbole fort : les poux tenaient à mon corps.

Danse il danse dans mon cœur comme une terreur. Je bâille à la Chrétienté Vive moi — ni chaud ni froid ni châtré vivant parmi la luxure.

Ils marchent à pas lents des orphelins nus de honte comme si avec le sens que nous avons du monde il est permis à des orphelins privilégiés d'être sans père Quelle comédie !..

Ils ont des ongles qu'ils se font chaque matin quand l'aube éclate et ils voient dans le désert des miroirs le peu de profondeur qu'ont leurs âmes ils s'écorchent le cœur.

Non nous retournons à la Matière Le feu brûle l'eau mouille la lumière n'a pas de trace.

Le vin bu me ramenait à cette autre certitude-ci il faut souffrir pour être un homme comme il faut et avoir hors des songeries des châteaux en Espagne — (l'Espagne est un faux pays) — Un homme comme il faut c'est-à-dire un homme dément un homme au bas sens du mot homme — une « hache » aspirée deux « je t'aime » un nœud E muet abstrait le corollaire une arithmétique élémentaire...

Les corbeaux comme les pies vénèrent les épouvantails Ce sont disent-ils des idoles humaines ; nous nous sommes pour la légalité, le respect des cultures, des préséances ! Et ils ouvrent grandes leurs ailes et chantent des Te Deum en bas latin pies-corbeaux.

J'ai beau être le Bronze il m'en souvient il est permis d'être un régicide il est mal de porter une couronne d'épines même pour innocenter un peuple innocent.

Mes pieds sur ma savane inscriront des chemins l'Aube douce éclate dans ma gorge je peins la nuit pour que le jour soit éternité. Je crée la Fraternité puisque le Christ ce Juif vendu a payé pour toutes les âmes damnées. Il y avait des cailloux noirs et blessants sur le sentier qui menait au Golgotha. Donc je proclame la force et le chiffre humain. Je ne crie pas la haine j'irai partout chercher où sont dispersés tous mes fétiches à clous pour leur retrancher les trois clous de la croix. Le Christ se servit d'une croix de bois pour usurper contre le temps le destin d'un peuple plus concret que tous les couteaux tirés du crime.

Ça y est ce sont bien les tracteurs qui s'engueulent sur ma savane.

Non c'est mon sang dans mes veines !
Quel mauvais sang !

# Feu de brousse

Poème parlé
en dix-sept visions

## A TRAVERS TEMPS ET FLEUVE

UN jour il faudra se prendre
marcher haut les vents
comme les feuilles des arbres
pour un fumier pour un feu

qu'importe
d'autres âges feront de nos âmes
des silex
gare aux pieds nus
nous serons sur tous les chemins

gare à la soif
gare à l'amour
gare au temps

nous avons vu le sable
nous avons vu l'écueil
qui l'ignore
nous avons les fleuves et les arbres
qui le dira

nous avons cru
nous avons cru
qui le niera

nous avons pris des carpes plein nos filets
il suffisait d'un coup de pouce
le monde était sauvé par le silence

mais voici
la mer saute l'écueil
mais voici
l'écueil culbute la mer
au loin s'en vont les sept fleuves
à savoir pour qui chantent les feuilles

il reste un fleuve
et la clé des songes dans ses flancs
mais quant à savoir pourquoi
chantent les feuilles
  ah chagrin chagrin
        hourra les tonnerres

marcher les poings fermés
marcher d'abord
compter les étoiles
et sauter par-dessus les jungles
pour cela n'être hyène ni python

puis applaudir un fleuve
et les biches et les zèbres et les gazelles
puis bondir avec lui haut la lame
la fourmi dit
je vais dépecer le buffle
hé quitte le fleuve
viens-t'en femme-grenouille

les libellules dansaient
voilées d'azur et de pollen

il reste le fleuve
et l'arc-en-ciel
en bordure un vieil homme

vieil homme lave ta plaie
mais dis à ma mère dis à mon père
me voici femme-caïman
me voici amante-crocodile
ô mère amante-crocodile
ô père femme-caïman
vieil homme lave ta plaie

les poissons de l'eau ont vu ces larmes
ils ont craché pour sauver ces larmes-là

mais les mouettes ont fait la moue
pauvre noyée garde ton lit de fleuve

il nous reste ce fleuve
et l'arc-en-ciel
en saillie
des perroquets porteurs de totems

la brousse entre ses troncs
fait danser des fauves visqueux

et j'ai crié
par-dessus les jungles
est la droiture du chemin oublié

mais voici le sable
au loin est la mer

mais voici l'œuf
une coquille entoure
sa vie
se taire ou simplement pleurer
        l'enfant dort
        la mère s'oublie
        la chouette ulule
        la lune est tranquille

        le temps passe
        la lune disparaît
        la fleur d'eau se brise
        l'enfant dort

        se meurt sa mère

les caïmans cassaient l'eau
avec leurs queues

le hibou somnole n'attendez la nuit

car il ne suffit pas de crier au viol
ainsi a sauté l'astre initial
car le scorpion ne fut jamais vicieux

un mille de fourmis va dépecer le buffle
qui a égorgé l'agneau devant les hommes

café bananes coton tapioca
meure meure qui voudra

il ne suffit pas de recréer le viol

un matin
un clair matin
plus de totems et leurs perroquets
un matin
un clair matin
plus de feuilles nulle part

au loin s'en sont allés
sept fleuves à flots perdus
l'enfant dort
le tam-tam s'ébruite
la lune est tranquille
le temps passe
sur ses montures de silences

## NATTE A TISSER

Il venait de livrer le secret du soleil
et voulut écrire le poème de sa vie

pourquoi des cristaux dans son sang
pourquoi des globules dans son rire

il avait l'âme mûre
quand quelqu'un lui cria
sale tête de nègre

depuis il lui reste l'acte suave de son rire
et l'arbre géant d'une déchirure vive
qu'était ce pays qu'il habite en fauve
derrière des fauves devant derrière des fauves

son fleuve était l'écuelle la plus sûre
parce qu'elle était de bronze
parce qu'elle était sa chair vivante

c'est alors qu'il se dit
non ma vie n'est pas un poème

voici l'arbre voici l'eau voici les pierres

puis ce sacerdoce du devenir

il vaut mieux aimer le vin
et se lever matin
on le lui conseilla

mais plus d'oiseaux dans la tendresse des mères

sale tête de nègre
il est le frère cadet du feu

ici commence la brousse
et la mer n'est plus que le souvenir des mouettes
toutes dressées dent à dent debout
contre l'écume d'une danse capitale

l'arbre était le plus feuillu
l'écorce de l'arbre était la plus tendre

après la brousse brûlée que dire de plus

pourquoi dans le vin y avait-il de l'absinthe
pourquoi remettre dans les cœurs
et les caïmans et les piroguiers
et le flot du fleuve

le grain de sable entre deux dents
est-ce ainsi qu'on broie le monde
non

non
son fleuve était l'écuelle la plus suave
la plus sûre
c'était sa chair la plus vive

ici commence son poème-de-vie
il fut traîné dans une école
il fut traîné dans un atelier
et il vit des chemins plantés de sphinx

il lui reste l'arc suave de son rire
puis l'arbre puis l'eau puis les feuilles

c'est pourquoi vous le verrez
les piroguiers de pied ont repris
aux remorqueurs de coton français
leurs clameurs

ce vol est un vol de colombes

les sangsues ignoraient l'aigreur
de ce sang-là
dans l'écuelle la plus saine

sale tête de nègre
voici ma tête congolaise

c'est l'écuelle la plus saine

## FEU DE BROUSSE

LE feu le fleuve c'est-à-dire
la mer à boire en suivant le sable
les pieds et les mains
au dedans du cœur pour aimer
ce fleuve qui m'habite me repeuple
autour du feu vous ai-je seulement dit
ma race
il coule ici et là un fleuve
les flammes sont le regard
de ceux qui le couvent
je vous ai dit ma race
elle se souvient
de la teneur du bronze bu chaud

## LE VERTIGE

COMME va le fleuve
rythmes cassés

ils passent
très chauds
qui
des gens qui
avec leurs totems
ne sont des nôtres
nous reculons
tout sueurs tout puants
feu des langues feu des mains
feu des pierres
nous sommes trahis

mais qui me défend de faire chair
avec la chair de ma voisine

comme va le fleuve
brousses brûlées

la fleur du caféier
devient un couteau
l'abeille y boit des cyanures

le griot montre son sexe
avale sa langue
déjà les fauves ont des dentures d'homme
et leurs visages leurs barbes
idoles
le hibou regarde faire la guenon
nous sommes au siècle présent
le feu s'est épris de la gorge
rives de la ngounié
mes pays kassaï mes pays kouangou
et les fleuves et les fleuves
mes moutons mes doigts mes chevelures
où pendent des rires salubres
ô mes fleuves je vous rends l'eau salée
de mes pores

comme va le fleuve
terres fumées

j'écume je meurs fleuve sans lames
qui me venge des poissons apathiques
ô mes fleuves
je vous rends l'eau salée
de mes pores

on le sait
je suis un monstre
je n'en veux qu'à la lune
mais quel carnage dans mon pauvre sang

ce soir laissez venir les vierges
sur mon flanc
sinon arrêtez
arrêtez ce fleuve qui s'en va

comme va le fleuve
ici et là crevé

crevé
mon destin de mouette
ne me suffit plus
rendez-moi la savane
et ses couleurs d'herbe vivace

j'ai seul le secret de mon sang
et mes yeux sont des matrices
venez les vierges
parmi les ronces de notre sang
nous danserons
verticaux aux solstices
les mains ouvertes aux fissures de la terre

mais
comme va le fleuve
reins cassés

hélas la laie me crie
prends des bains de soleil
ou saute à la mer
le cancrelat te dira sa bêtise

je me souviens
le temps était aussi dur
que le sang brûlé

brousses brûlées

et j'étais la maison du chat-huant
ô mère mes reins cassés
je me suis vu mort en rêve
j'avais la denture du fauve
et ma brousse cotonneuse
et la cervelle du fauve
dans mes narines

comme va le fleuve
j'ai dansé dans ma tête

et moi révulsé
sans bravoure
j'ai dansé
gonflant mes joues
comme les najas dans les pires moussons

et moi sans bravoure
au matin mère tu l'as vu
j'ai bondi sur mon propre jarret
j'ai failli être prophète
évitez les vierges à chaque nouvelle lune
elles n'ont qu'un mauvais sang à vous donner

je me suis vu mort
comptant mes articulations
par un clair de lune bleu
c'est juste
je ne sais plus faire l'amour
avec cette odeur de hyène sur mes mains

comme va le fleuve
cœur chanté

sous les paupières
le long d'une nuit lourde
le griot revient déjà
cache son sexe
crache sa langue aux savanes claires
le soleil s'étonne
de les voir reverdir sous nos yeux
nous sommes sauvés

rythmes cassés sauvés
brousses brûlées sauvées
reins cassés sauvés
le fleuve s'en va droit à la mer
il est une main ici
il est un cil ici
il est un bras ici
et tous deux revenons solidaires
je vois des hommes
au-delà de leur propre horizon
et je comprends le feu comme ma présence
je suis la chair
de ceux qui me portent
j'ai compris ma source comme la flamme d'un sexe
à laver l'opprobre

comme va le fleuve
nous sommes sauvés

mes yeux sont des matrices
le serpent rêvait d'être arc-en-ciel

il lui manquait l'audace
ou la perfidie
mais moi j'ai cette perfidie

moi j'ai vu le hibou
manger des piments noirs
et danser de la même joie que moi-même

les déserts croissaient
j'ouvre mes yeux
je donne des pâturages aux buffles et aux coccinelles.
le hibou n'avait de raison
de jalouser la guenon

ordonnez-moi la chair humaine
je suis le frère de l'homme
rejoignez-moi
où va le fleuve

## LE VOL DES VAMPIRES

Au matin on trouva la brousse brûlée
et le soleil fumé
on mangea comme d'habitude
des courgettes bouillies
puis on alla voir
le mangeur de flammes
pour continuer la digestion difficile
les jours de grandes canicules

sur les débris de poissons erraient
des cancrelats des fourmis
et des buffles noirs sans cornes
les hyènes piaulaient derrière nos couchettes

la lune ocreuse
se fendilla
avec des cris de femme en couches

voici une mère accoucha
d'un enfant à deux têtes
elle la mère avait deux seins ronds
que ceignait une racine de cactus

l'enfant avait une seule jambe

les arbres de la brousse brûlée
l'ont prise elle et son enfant
elle grattait le sol

les vents avaient les dents des chiens

et voici les vents
ces mêmes vents ont apporté
aux arbres d'autres feuillages
déplumé les perroquets
parfumé les chacals
en attendant
qu'une autre mère
mette au monde
un enfant
à trois têtes
et sans jambes peut-être
pour continuer la désolation
sur la savane

voici les vampires
le ciel reste bleu
l'âme perd toute l'eau suave
qu'elle contient
goutte à goutte pisseuse

## NATURE MORTE

Je jouais
quand ma sœur morte
mon grand-père
au couteau
mon grand-père achevait
un grand poisson
pendu devant notre porte
à cet arbre
nous aimions les aubergines
moi je raffolais de courgettes
mais il fallut jeûner

aussi ai-je pleuré de faim
si je vous dis
que mon père ignore le nom de ma mère
je suis témoin de mon temps
et j'ai vu souvent
des cadavres dans l'air
où brûle mon sang

## PRÉSENCE

N'AYANT pas trouvé d'hommes
sur mon horizon
j'ai joué avec mon corps
l'ardent poème de la mort
j'ai suivi mon fleuve
vers des houles froides et courantes
je me suis ouvert au monde
des algues
où grouillent des solitudes
Aux solitudes ouvrez les halliers
Au soleil
ouvrez ma chair
Au sang mûr des révoltes
le sperme réel par des souffles m'assimile
aux levures des feuilles et des tornades

ma chevelure rèche à tous les vents
s'arc-boute
mes mains humides à tous les germes
portent mes pieds profonds à toutes les latitudes
à toutes les latitudes
la mort lente avec ses soleils richissimes m'assimile

présence truquée
je serai perfide
puis dieu des armées

le christ m'a trahi
en se laissant trouer la peau
qui voulait qu'on fît la preuve de sa mort

christ traître
voici ma chair de bronze
et mon sang fermé
par d'innombrables moi cuivre et zinc
par les deux pierres de mon cerveau
éternel par ma mort lente
poisson cœlacanthe

un parfum de verveine et de biche
me tourmente et j'entends tard naître des voix
dans le jour
le jour passe le zénith
avec un savant cortège de cigales
si je m'écoutais c'est le moment de l'adieu
mais non j'ai encore une tâche

## CONTRE-DESTIN

A LA hauteur des vents
hisser les poitrails
tout sauvegarder
le rire blanc
et le soleil rouge et natal

ébène ebony blues
chant toujours rage

il n'y a plus de soleils couchants
il y a l'herbe vorace
il y a le feu plus vorace
les peines poilues des bras pauvres
les transes
mimées
quelle agonie

j'aurais pu être sicaire
au service de la reine ngalifourou

je n'ai même pas eu cet alibi

je confesse

j'ai eu des vices
mais ai-je pu
supporter
qu'on batte les enfants
leurs pères et mères
devant les uns les autres

me voici aux limbes de toutes souffrances
bossu
quelle audace m'a ouvert les bras ?
avec les tempes crevées

par des longitudes onéreuses
il ne faut pas l'amour
qui ne gagne à la race

ô mes expédients
et j'ai encore chiné
non laissez-moi aimer sammy

de toutes mes forces
je tourne le dos aux voluptés
laissez-moi vivre pour vous

mais non
pauvre

l'encens le pus on s'étonne

j'ai trimé mes jeunesses
j'ai dû faire le fou
pour mon premier gain
une coqueluche
j'ai paré ma gorge d'éclats de verre multicolores
j'ai souhaité le coup de pied au cul de la chance
mon deuxième gain
une petite vérole du cervelet
et je ne sais plus comment me sauver
j'ai rêvé de revenir ainsi
dans mon village
les yeux derrière des verres fumés
il m'a fallu craindre mon sorcier

j'ai sauté à la mer
avec mes insomnies charnelles

j'ai le sel plein la tête

ce soir armer mon peuple
contre son destin
il le faut pour le nommer après
d'un chiffre d'or
il a gagné la mort
vive l'amour

## CHANT ININTERROMPU

ABRUTIS ces gens qui ne savent plus
lever le front à vos colères

abrutis grands poètes
les-petites-consciences
talismans aux paraboles
sans nervures cendres cendres
la terre chavire les hommes manquent
aux hommes qui ont soif

la nuit m'a menacé
et j'ai rêvé
de la luxuriance du baiser matrice
aux végétations carnassières cela
quand la chair fut encore bonne

fauves domptés
moins fauves que l'hirondelle

tordez-vous le cou
avec vos mains chantantes
cachez vos sexes à la mort
elle sait par où commence l'ouvrage
elle le sait

ma sœur chante à qui veut l'entendre

« si tu me veux
offre-moi une tasse de café
du pain de froment
une bouteille de bière
tu seras mon chéri »

s'ils ont changé
le droit en absinthe
j'ai bu le vin
et je me suis levé matin
avec une tête de pipe mal culottée

et je me suis accroché au premier obstacle
comme à une grappe de miel
dans mon cœur
le héraut bat tambour
c'est la sainte jeanne d'arc
tam-tam sur la grande place
et mon fleuve roule mes scandales
aux dauphins

## VIVE LA MARIÉE

Ce soir on marie sainte anne
aux piroguiers congolais

la croix du sud est témoin
avec l'escargot

il y a des goyaves
pour ceux qui ont la nausée
des hosties noires

le fleuve retourne à la boue
au jour le jour
le héraut clame le regard lubrique
laissez-vous faire
quoi
les aubes et les ongles
trop tard
oncle nathanaël m'écrit son étonnement
d'entendre le tam-tam
à radio-brazzaville

sainte anne du congo-la-pruderie
priez pour l'oncle nathanaël
prenez les nénuphars et les libellules

exsangue la parure nuptiale de notre dame

prends la peine
notre journée déborde l'aurore
migrations massives des piroguiers
tendance ferme luxure servile à la bourse coloniale
on n'a plus de totems
alcool à gogo

ce ne sont plus les sèves
ni les rythmiques
le christ sauvera le reste
luxure à qui mieux y gagne

mon catafalque est prêt
et je suis mort assassiné sur l'autel du christ
comment voudrait-on voir mon cadavre
un cadavre utile vert
non ce sont les floraisons mortes
soyons lucides vive la mariée

elle a sa robe faite et de boue et de limaces et de sang
ses encens puent la cervelle gratuite

ô liesse-tam-tam-et-cloches-mes-piroguiers

va pour les sabbats

mais la luxure au nom du christ
halte-là

credo

le fleuve passe
et ça sent la rosée vomie
une résine rance qui ne chassera plus
les papillons de nuit
de la plaie béante — coule
il pleut doucement dans poto-poto
le ciel immobile m'attend

## DANSE AUX AMULETTES

VENEZ par ici
notre herbe est grasse
venez les faons

gestes et lames des mains malsaines
cambrures puis défaite des germinations
        on... — qui ? — vous me faites un destin
venez les faons
par ici la souplesse des matins
et le sang larvé par ici
le rêve s'irise la corde au cou
venez par ici
notre herbe est grasse par ici
ma première naissance
fut le brusque éclat du silex

solitude
ma mère m'avait promis au jour

## MA TÊTE EST PARFUMÉE

A SAC la mer
reste au ciel lointain
la poisse de bonne occasion
mon pays ne m'habite plus
l'eau de vie m'empoisonne
mes enfants seront rachitiques

un destin de pacotille
j'aurais pu laver mon corps
mon âme est un clou dans une planche morte

comment secouer mon corps
sans disloquer mon âme
n'ouvrez pas la porte vous ne l'entendrez pas
grincer
non
vous ne saurez rien de ma mémoire
ni pourquoi la fève m'est signe
de mauvaise conscience

c'était mauvaise conscience
naître au milieu d'une nuit
et crier la paix à l'aurore
et commander toutes les missions
esclavagistes

qui donc t'a baptisé pour baptiser
à ton nom

les gibbons ont fait tous les vacarmes
on m'a conté patience pour m'expliquer
les choses de la vie

je continue à faire les fous
et
vous ne saurez rien des fèves
vous ne saurez rien de ma mémoire
mes vies latentes

pierre bronze ressac
une voix m'isole

sœurs mes cauris
allez les coraux
à sac la mer

à sac la mer
sammy a pris la mer dans ses yeux

venez ce soir
ma tête est parfumée
ma sueur c'est de la bonne résine
venez ce soir allumez vos lampes

la nuit viendra
mon âme est prête toute.

## LES LIGNES DE LA MAIN

Nous sommes l'orage
au cœur de l'été
le tonnerre saute
sur la pente de nos cœurs

un zèbre accourt me mutile
et me rappelle une migration
et je me suis découvert
des crimes regrettables
mais il ne faut pas que le temps se brise

j'ai aussi des souvenirs
de chairs ou de fruits escroqués
mon sang était l'an dernier
un panier à crabes

avec le feu
une panthère jaillit
je me fais humble fleur de kapok
il me manque des fruits blets
à jeter aux pauvres de ma paroisse

leur sang aussi
était rude
un même panier à crabes
me déroute

j'ai refait ma tête à toutes les nouvelles sciences
la chaise électrique...
j'en passe gagné mes nouveaux préceptes
la salariat est une prostitution comme
l'amour pour l'amour
donc pas d'amour sans lutte de races
donc pas d'amour sans lutte de crasses

j'ai donc bercé
ma crasse à moi
ma crasse de nègre-juif
ma race de juif-nègre errant
dans le désert au cœur de mon pays
mais suis-je bien à l'abri sous ma peau
suis-je déjà mon four crématoire

La trompette de harlem
ne joue aucun jugement dernier

où mènent-elles
toutes ces lignes dans ma main
naguère les longues visions d'herbes chaudes
naguère mes joies renversantes dans les orages
naguère tes yeux naguère ton ombre
naguère toi naguère

je suis né d'un ventre de femme
je n'ai plus l'estomac qui sied
qui seyait à ma nature

un autre sang moins noir

nargue le poème du sang frais
qui se sent dans ma gorge
quand reviennent les pluies lentes

triste souvenir

il était doux notre amour
terre ailée terre ailée
les cheveux de sammy sentaient la brume et l'ambre
nous rêvions à briser nos mémoires
de mon pays absent des mappemondes

et notre amour

un panier à crabes

un panier à crabes se passerait bien
de vitamines b et de règles sociales

maintenant prendre le temps à bout de bras
le temps sans oublier le chemin
longtemps attendre l'aube qu'elle revienne
bien sûr il ne faut pas que le temps se brise
sur les lignes de la main offerte

je me tourne le dos
j'habite ton regard de fossile ancien

nous sommes l'orage
l'éclair tend une corde de feu
de ta main à la mienne
à chaque vague d'orage qui corne
un lacet brisé renoue mes cauchemars

## LA JOIE MANQUÉE

L'EAU des fleuves chante dans ma tête
les crapauds bâillent d'extase car
j'ai pu sauver mon amour

on m'oppose à des constellations techniques
et ce sont elles que l'on consulte

le palétuvier ni les saules pleureurs
n'ont le poème des feux artificiels

conscient
j'essaie de sauver ma peau
et d'agrandir le monde
d'une mesure de deux mains

mais il y a cette opacité des feux
des feux artificiels justement

je me suis dit autrefois
le plus beau chant de révolte
est un hymne de crapauds
quand la lune est ronde par la bise
mais non il faut chanter avec les hommes
en chœur

justement
mon fleuve — une idée fixe —
n'était beau qu'au clair de lune
et je lui ai lancé des pierres pour voir
je n'ai pas su l'enjamber
seul l'arc-en-ciel l'enjambe

sur ses deux rives
d'autres fleuves viennent
ainsi tiennent les doigts
à la main tendue les veines
au cœur humide
mais eux ils n'ont pas su attendre
que je leur tende de moi-même la main
de moi-même j'aurais su verser mon sang
pour qu'ils vivent heureux chez eux

depuis le jour est lacis de lianes
où je lis ma tristesse liante

mes deux mains autour du fleuve
cela faisait une bonne écuelle
mais où a-t-on égaré mes pagayeurs

le kota n'aime plus téké
qui n'aime plus le vili
qu'ignore le kassaï
ils ont la chrétienté
qui les rattache à rome

le long du fleuve
seule une montagne
après la dernière étoile éteinte
veille
peine perdue
il y a le saut à la mer

à sac la mer

j'ai fait ce rêve
avec l'arc-en-ciel
dans l'autre sens du fleuve
couché
c'était le cercle magique
des veillées lentes
les morts avec nous

mais non
avant la mer
monte l'écume
à la gorge
du fleuve
écoutez le tocsin
congo

son milieu était une herbe juste
parmi les ronces
son ciel était son regard

pour ceux qui vivaient
ils vivaient nombreux
les lianes liant leurs cœurs

puis une chanson s'est levée
    rehaussons la haine
    à sa hauteur de sentiment humain
    brûlez vos réserves de sèves sanguines
    la plante mûrit ainsi sa fleur
    vivre parmi les ronces c'est mourir
    nulle part la joie
    c'est le choc des crépuscules

ils vivaient nombreux
son milieu était une herbe juste
mais où a-t-on égaré mes pagayeurs

## LE FORÇAT

ERREUR ! je suis né
dans l'œuf des royaumes étouffés !
mon père sut être frère forçat,
c'est pourquoi
l'ivraie vient si bien sur mes terres

ma mère n'a jamais eu
des idées préconçues sur l'amour
c'est pourquoi mes sœurs
ne m'aiment pas
c'est même une mode

j'ai eu des vocations pénibles
être pape m'a séduit
j'ai bien le goût de la luxure
mais celui de la servitude
me manque et c'est dommage

or donc moi j'aime sans contrainte.
je le sais bien,
il n'y a pas d'amour
sans lutte de crasses

ma crasse à moi c'est ma situation
de famille heureuse

prétentions
pour le scandale dans ma famille
je m'avoue une sourde parenté de corps
avec un certain arthur
— mise à part la révolte —
à cause de mon passé

signes particuliers
exempté de service militaire
n'ayant plus de patrie sur aucun
planisphère
depuis l'abolition de l'esclavage

mes frères ne m'ont pas regardé,
que pouvais-je mettre dans ma conscience ?
je ne puis plus goûter à aucun fruit
sans que je ressente les crachats et les pacotilles de
naguère

j'ai l'amour triste
j'ai l'amour triste
est-ce que ça sent vraiment bon
la verveine ?
— non —
j'ai porté des canicules
le long des océans
les yeux sur ma seule misère
sans m'insurger
j'ai geint.

mes frères ne m'ont pas reconnu
et ma probité ?
jeunesses passent !

## DEBOUT

Et passe
comme on meurt comme on danse
sans aveu
la lame emporte un peu de la mer
vainement

j'ai l'âge des fossiles
mon mal ne guérira personne
une nuit annule les cœurs
que j'ai portés avec ivresse

qui parle encore
comme les lucioles
de la mort ancienne

comme ils vécurent
comme ils s'aimèrent

l'herbe croissait
personne ne s'en doutait

la forêt m'a revêtu de nuit
sans la lumière
de ce qui fait famille
de ce qui fait lien
de ce qui fait chair contre cœur tendre

de ce qui tue d'aimer

l'ami trahira
et tous deux en mourront
sans aveu

deux braises sur mon cœur
oh donnez-moi vos yeux
pour mon cœur arable
donnez-moi vos yeux
pour mon sommeil

des enfants font les fous
je retourne aux trous de ma mémoire
je retrouve mon enfance nue
pardonnez-moi mon enfance

l'herbe croissait
j'ai dit à l'herbe
je suis fragile comme la rosée
et l'herbe est morte
sur les braises de mon cœur

vous le voyez j'ai la vie qui tue
malheureusement l'herbe croissait

on a continué
à me huer moi et mes oiseaux
j'avais les lignes de la main

bien saillantes bien saillantes
et sans aveu
mieux que le crabe de terre
j'ai vécu l'humus
de terre cuite
de braises mortes
sans me soucier du sens des vents
l'herbe inclinait le vol des corbeaux
c'était la savane
le soleil buvait l'eau des mares
et je souffrais de timidité

j'ai voulu mourir pour celle qui m'a juré
amour
mes deux mains sont depuis les deux plateaux
d'une balance où peser mon ombre et la sienne

ne les prenez pas entre vos mains
nos ombres sont lourdes

j'ai la vie qui tue
n'approchez pas
le chien a pris des cornes et une fronde
goliath petit goliath

le passant cherche son fémur
dans la tendresse de son aimée
le fémur lui rit au nez

une jeune fille hume l'air parfumé au rhum
un tango argentin dans le soir
lui plie la chair aux commissures
elle tend ses bras l'enchantement tombe

elle s'effondre
la pluie tombe lentement à pas de mouche
sur son corps

jeune fille
j'ai la lèpre qui te guérira des cauchemars
ne ris pas
je meurs à chaque chant d'amour
si je meurs souviens-toi du brasier
elle m'a ri au nez
son rire m'a blessé
j'ai bu la mort par la racine
et j'ai rendu mon cerveau
la racine bue fut un breuvage lucide
c'est de cette façon que j'ai découvert
le sang des courtisanes  dans mes mains

mère comme ils vécurent
      comme ils s'aimèrent

que chuchote-t-elle la lune
au passant éconduit

j'ai donc eu mon mauvais sang
par désœuvrement
je n'aime personne
      mon père
      mon pays
pas même annie

personne je veux vivre

une cartomancienne m'a dit
tu es perdu
tu n'es pas si
tu es trop sale
pour être nègre échantillon
blues jazz
tu ne prends pas tes boyaux
pour une peau de tam-tam
et ta tête n'est pas de la bonne ébonite

mimée

quelle agonie

je n'aime que la mort
et mon père m'a dit
va crever la gueule ouverte
va donc me suis-je dit par obéissance
avec mes dents parfumées
je pourrai faire danser les crapauds

pardonnez-moi mon enfance
je voulais vivre heureux
mais mon cœur a flanché pour un excès de café
et pour un rhume de cerveau

vous en souvient-il de mon cerveau

à quoi bon bien sûr à quoi bon

dis est-ce que l'on vieillit
même avec plus de cent kilos
de sel fin dans la tête

le sel du sel

la preuve est faite
j'ai la vie qui tue
rendez-moi ma mort

l'herbe croissait
voulez-vous danser avec moi
mourir
non
tu n'aimes ni ton père
ni ton congo
ni même annie
qui t'aime

crève va crever la gueule ouverte

j'ai pris le fémur dans le miroir
et mes dents qui sont parfumées
parmi l'herbe chantaient
ça m'a redonné tous mes appétits

non pas de lamento esclavo
non pas de marseillaise

j'ai noté mon propre concert funèbre
un fémur pour jouer la fugue
mon cœur et ton corps solutionnés
dans l'eau pour me traîner ailleurs
voici le serpent fuit devant la sève mûre
qui sourd des flammes
une nuit fit des nœuds dans toutes les mémoires
je sais des danses qui sont d'atroces tragédies
mes nègres dansent
ton nègre danse
le serpent en fuyant libère nos mémoires

il ne faut pas qu'il pleuve ce soir
j'ai si peur de l'orage

re-voici le fleuve l'arc-en-ciel l'enjambe
le fleuve me prend les pieds et la tête
les chacals sont comme mes dents
ils puent le serpent mondain
dans l'un des trous de ma mémoire
la chouette me regarde faire
mes premiers pas ivre d'avoir vu tant d'étoiles

or j'ai la vie qui tue
prenez-la
                    mourir non
je comprends que mon congo
veuille vivre libre
libre à
                    mes dents
d'être des chacals
                    parfumés

toute pomme est sûre
si l'amour est triste

la nuit viendra mon âme est prête

trop tard
à l'horizon surgissent
des buffles (la fourmi n'a rien fait)
les flammes noires dans leurs naseaux de fer
brillent
le galop circulaire des coccinelles se mêle au leur
galop de feu de sang de boue
des buffles mécaniques
à quoi me sert le soleil
dieu le sait

c'était par temps de pluie
que l'on brûlait le sel
l'on se frottait au soufre
et l'on sentait le bronze
le bronze des voluptés physiques

le feu n'a pas été plus loin que l'humus
il y a un espoir

le sel me rend savoureux à moi-même
je survivrai au soleil
la nuit viendra mon âme est prête

ça y est les okoumés
les okoumés craquent de partout
endiguez ce fleuve de sève
il me sort des proues même sous les pieds
ça y est je danse le voyage
je danse comme on meurt comme on danse
sans aveu
j'ai mille guêpes sous la peau
je ferme les yeux j'ouvre les bras
l'herbe croît l'herbe croissait
l'eau du fleuve chantait
penchant la tête des piroguiers
de poupe en proue

homme à la hune quelle hune
quel vent quel vent
feu quel feu
feu de brousse
c'est le fleuve que je contemple
pour me muer en arc-en-ciel et totems
l'antilope et l'hippocampe qui débarque
dansent avec une terre grosse de feu
à bras le corps dans la nuit
je suis toute cette ivresse
les fruits déjà dans l'aube désignent le soleil

mes yeux sont des matrices
qu'importe si j'ai l'amour triste
souvenez-vous j'ai du sel plein la tête

maintenant l'enfant dormira

## MARCHE

MAINTENANT l'enfant dormira
naguère il fut le sang rouge

le sang rouge
on le mit d'abord dans un panier à crabes
au milieu des crabes
puis on le mit dans un mortier au milieu
entre marteau-pilon et enclume
et cent femmes hystériques pilèrent

cent femmes hystériques pilèrent
les reins cambrés
jusqu'à la racine du jour elles pilèrent
des coqs sensuels se mirent à geindre
cent coqs chantant le feu

maintenant le feu surgira de partout
des pieds des mains du ventre des lèvres
cent coqs et cent femmes dont l'une d'elles
était vivante et nôtre et mère

au dernier jour
le sang rouge pilé noir
le sang rouge pilé borgne
le sang rouge pilé aveugle
aura un bec du meilleur acier
aveugle mais juste
et crèvera le feu dieu merci

celle des cent femmes qui pila le plus
mourut vivante sur son ventre
il lui pousse à l'heure qu'il est
un pied de canne à sucre
elle garde au secret la vigueur de son coup de rein
ô toi danse ta mort sera parfumée
à la vanille
provoque provoque

le sang rouge cerné de noir

il y aura des pierres dans l'eau chantante
le sang rouge cerné rhum
il y aura une main à tendre
tant qu'il y aura un caillou
à jeter au cou de la couleuvre

oh ces cent femmes comme elles pilent encore

enfant réveille-toi lave tes pieds
combien as-tu encore de cils ce matin

enfant prends cette main
je fus de celles qui pilèrent au milieu
des couleuvres le sang rouge

le sang rouge cerné chacal

dos à dos un chemin un mât de cocagne
huilé de sueur
au sommet le rêve cynique

le rêve cynique entre cent femmes hystériques
leurs bras sont nus et montrent
les mauvaises lunes blotties
au centre de leur sexe vénal

l'enfant somnole déjà
une sueur embaume son sang
trois mouches lui lient les mains
trois mouches le pressent contre sa chair
sa chair de canne à sucre

cent femmes pilent
leurs seins ballants
sont les corbeaux sur la savane

l'enfant n'a plus de cils
cent femmes pilent le chemin
un fleuve hirsute y prend lit et coule coule
entre les latérites et les rocs phosphoreux

le sang embaume la vanille
le fleuve coule
le sang livre les nénuphars aux libellules

le crabe a peur se fait étoile de mer
le chacal a peur se fait crabe se fait étoile de mer
le sang rouge céréale
le sang rouge patate douce

l'enfant retrouve ses cils un cil manque
un rêve lui montre trois lacs

parmi d'autres lacs
cent femmes pilent
un chemin-fleuve le mène au fleuve

le cil manquant est ce fleuve
il le nomme
congo
quelle splendeur

il n'y a plus de piroguiers
tant pis
cent femmes pilent leurs seins

un arc-en-ciel surgit au milieu de la nuit
c'est l'aube au milieu de la nuit
l'ongle de l'index gauche reste à faire
c'est le bec du meilleur acier

le sang rouge trempé
a le bec du meilleur acier vanille
il nomme le fleuve
congo
c'est toute une splendeur
partout on l'entend qui clapote

maintenant l'enfant dormira

souvenez-vous il a le sel plein la tête

ce soir on l'entend
le tam-tam s'ébruite
la mère somnole la mère s'oublie
il pleut le ciel est immobile et sans soleil
nous avons souffert
la mer s'éveille
la lune disparaît
la mère se fait les ongles
et les aurores
les aurores

le glas sonne le temps
à travers temps et fleuve
le temps passe le glas à gué
sur ses montures de silences
et passe
mon âme est prête
paix sur mon âme
allumez ce feu qui lave l'opprobre.

# A triche-cœur

## AGONIE

IL n'y a pas de meilleure clé des songes
que mon nom chantait un oiseau
dans une mare de sang
la mer tout à côté dansait
vêtue de blue-jeans
embouchant déchirée des mouettes criardes

un batelier noir
qui disait tout savoir des étoiles
dit qu'il guérirait avec la boue de ses yeux
tristes
les lépreux de leur lèpre
si un amour tonique lui déliait les bras

mon nom est clé des songes
je ne suis pas lépreuse
passe-moi ce fleuve avant de dire mon nom
et tes bras se délieront

j'ai la rame chanteuse
où est-il ce fleuve qu'il faut passer
est-ce cette mare de sang

suis-moi
ferme tes yeux
pense à la lune

contemple mon fleuve
et passons

l'homme et l'oiseau chantèrent
mirent trois jours trois nuits
pour passer
le lit souillé d'un fleuve
écoutez
le flot berce le batelier
il dort
il rêve
un charnier ouvre un festin
où l'on mange ses viscères d'abord
puis ses bras puis sa mémoire

où l'on se mange putride
à la lueur des lucioles
que chacun porte à ses tempes
pour ressembler au dieu des chrétiens

où l'on y boit la lente chanson du rossignol

un innocent plaint ses jambes
racle dans son écuelle en bois d'ébène
le dernier bout de sa mémoire
funambule sur le fil des étiages
il sait l'amour contraire à sa peine
le cauchemar du batelier qui dort agite
les ailes des oiseaux qui vont vont leur antienne

et qui rament trop heureuse sur l'eau chanteuse

sur l'autre rive la plaine vient boire
avec ses troupeaux d'herbes sauvages
meuglant leur soif sur un rythme tropical
le soleil hargneux les dardant

le soleil tire au flanc du pêcheur de silures
ses épées tout frais forgées
tout frais trempées
de sang
et ce sang suinte de terre
et dégouline du ciel
un soir de pluie jaune

le batelier dit son nom à la caille

non mon nom est clé des songes
je ne suis pas lépreuse
caille n'est pas mon nom
ne meurs pas de m'attendre

je suis ton âme adieu
mon corps obscur adieu
tes bras se délieront
je ne suis pas lépreuse

ne meurs pas de m'attendre
les bras ouverts en croix

## ÉTIAGE

FAITES à mes tempes
des étais de grès sombre
portez à l'horizontale de ma bouche
ma main de joie sombre

et béni soit le pain qu'on m'ôte
bénie soit la soif qu'on m'ôte
ouvrez ma chair on m'y voit mort sanglant
et pour ce sang-là
faites-moi un sourire de mousse
je veux me guérir du bruit de la mer
gobant seul un fleuve seul
à l'insu de la terre entière

ça y est
je n'entends plus que des dents bruire au vent
qui passe la tête chaude
ma tête à moi est un soc agraire
mais sur ma terre
pas une ornière pas un sillon
où est le giron de ma mère
que j'y mette ma tête haute
avant la nouvelle lune
et la marée haute

entre des flots d'arbres

jouant les crocodiles
sur une eau lente
la joie coule emplumée d'oiseaux clairs
contre leurs mille écueils
stratifiez mes nerfs

la joie déborde
elle a le fil des épées
que croisent nos regards reliquaires

un roc comme un doigt sondant un fleuve
n'enfoncez pas ce roc dans ma bouche
qui est roc
de la meilleure pierre angulaire

battez le fer
maille à maille faites-moi un corset
qui m'impose au feu du monde
et battez vos mains mes fausses compagnes

battez fausses monnaies
d'amours immortelles
sinon vérifiez votre rire
vous qui rêvez être de mon voyage

au-dessus d'un troupeau de buffles en rut luit
une lune étroite comme un vagin de vierge
la nef de mes amours sombra
entre deux rictus d'une aube câlinante
les vents s'assirent sur les jambes de ma sœur
riant à couteau tiré entre eux

vérifiez votre rire
dansant au clair de lune
comme on meurt à la belle étoile
couché sur mes joies tenaces
m'enivrant d'un chant d'oiseau
j'ai eu toutes les ivresses

on me verra mort rire mille morts
en crevant mon ventre froid
à l'air tiède des petits matins roses

empoisonnez donc votre rire
et soyez de mon voyage

mes fétiches à clous
seront liserons
sur le fleuve
né de ma gorge

pour le repos des arbres morts
en répandant leur sève entière
faites de ma bouche un cratère
crachant ce rire qui tue
sinon un tam-tam nègre
bavant au cou sensuel de la lune
sans qu'elle rougisse

laissez faire les cendres
prenez les bombes noires
faites-en des étais de grès sombre
par la grâce des étiages solaires

laissez faire mes mains sombres
prenez le pas de la contredanse
car le soleil assassine
celui que la lune débusque

ouvrez le giron de ma mère
que j'y mette ma tête chaude
et béni soit le pain qu'on m'ôte
bénie soit la soif qu'on m'ôte

une lune étroite comme
un simple vagin de vierge
à l'air tiède des roses-madame
un après-midi d'avril oh la la

un souvenir couché sur les braises de ma joie
crève mon ventre chaud
de cet amour
et j'ai beau compter mes doigts
pour chiffrer le signe de ma joie
le temps a passé
autant qu'il a coulé
d'eau à la fontaine

faites à mes tempes
des étais de grès sombre
faites à ma bouche une horizontale
faites à ma main une verticale
pour sonder
à l'étiage d'un simple amour
le fleuve que je mène à la mer
le fleuve qui me mène à la mort

## A TRICHE-CŒUR

Rire du même rire
que les vivants ne fait
le soleil plus étroit
que cette main tendue
à tous les étiages
pour demeurer un frère
au cœur de ceux qu'on tue

ne me demandez pas de mourir
pour leurs yeux
si j'ai trahi je sais
quelle soif chanta rauque
dans ma gorge coupée
pour demeurer un frère
au cœur de chair battue

il faut haute richesse
et la sève caleuse
pour guérir le fruit mûr
de la bave des morts
guéris le jour des pleurs

une nuit ploie mon âme
je cherche un chemin pur
j'ai eu la promesse
d'être un arbre stérile

j'ai joui des vents amers
joui à perdre mon sexe

je me tourne le dos
toi roule mes scandales
fleuve-sœur fleuve mère

je l'ai ensemencé
mon champ fleuri d'étoiles
son enclos est un fleuve
quand les perroquets parlent
les crocodiles rient
du même rire jaune
que la boue de ce fleuve

un sanglier rêva
il y avait le ciel bleu
il était dans sa bauge
les arbres sont tombés
et leur sève collait
le silence à la chair
sans rien changer au monde

je n'ai pas su manger
le pain que j'ai rompu
prenez-le sur ma bouche
mangez mon pain de mie
vous qui avez failli

vous sauverez votre âme
la joie vous est gagnée

ma faim est une perle
je la donne à qui dîne
contre du pain entier
suez du front mains fortes
salez-en le levain
qu'il soit feu qu'il soit flamme

celui que j'ai rompu
est pierre angulaire
où bâtir un seul temple
entre sept clés du fleuve
à ciel hautain ouvert
pierre en chien de fusil
pour la mort qu'on me donne

pierre si la joie manque
au souvenir du sang
pierre si le jour tarde
assemble les étoiles
fais-les paître à l'aurore
assemble les passants
fais-les boire à ma gorge

assemble les iguanes
fais-les battre tam-tam

va file au fil de l'eau
la tranche de l'épée
au jugement dernier
par l'épée romps le pain
tends la main fais l'amour

par l'épée ta moisson
sera sans ivraie rêve
ô sanglier mon cœur

il y avait le ciel bleu
il était dans ma bauge

il a culbuté l'arbre
que j'étais dans le vent

## L'ÉTRANGE AGONIE

SUANT la langueur d'un blues
de la tête aux pieds
écoutez je déchire ma peine à chaque pas
je renonce à tous mes membres
je me fais étranger et je me chéris
je requitte mon cœur
je m'en vais
la tête dans mes jambes
pour mieux nouer mon destin
à l'herbe des chemins

je marche
et je me souviens qu'un été
m'étant assis devant une plage trop mondaine
j'apprivoisai les coccinelles

je perdis ma jambe à ce jeu-là
un soir d'été
alors qu'il fut bon renaître à la vie
sans offenser personne

l'éclair qui dans la nuit éclate
me désigne l'arbre de ma généalogie
il était écrit en feux et flammes

que je devais avoir les muscles saillants
comme des raz de marée
et deux geysers ou deux sexes de femme honnête
en guise d'yeux
et participer en privilégié
à l'inventaire des printemps terrestres
mon âme plus lucide qu'une sève
avec des phosphorescences plastiques
dignement

l'arbre distrait l'orage
parce qu'un perroquet badine sur une branche

le bourreau est sûr de son destin
l'innocent en perd la tête
et aussi parce qu'un perroquet badine
sur une branche
je sais le vent pudique
jetant une couverture de poussière
sur le sang des innocents
et ce soir-là le sang remit la terre
face aux hommes
promenant au bout d'un rayon de lune
un parfum de fleurs des champs

ombre chinoise sur un horizon mauve
on voit un corbillard immobile
qui doit passer
devant l'arbre dont je fus l'une des feuilles
au marabout sur l'une des branches de l'arbre
le vent dit la peine qu'il eut

à dérober à la fureur de ce sang-là
un soleil déjà compromis
y jetant une couverture de poussière

j'écris ce vent-là
en majuscule d'herbe vorace
les morts qui s'y faufilent
éternuent honteux de leur mort
eux qui n'ont pas la mort légère
ils ont les chenilles des chars
le poids des buildings
le renâclement des trains
l'écartement des voies des chemins de fer
sur leur mort
et pour les offenser encore
on a laissé le feu de leurs yeux s'éteindre
on voulut le rallumer dans les yeux d'une biche
grosse d'avoir brouté l'ombre d'un chien galeux
on ne sut plus comment quelles écorces
de quel bois rendaient ce feu plus vif
au cœur de ceux qui veillaient sans armes
et sans tristesse dans la nuit de leur mort

je me souviens de ma première douleur
comme d'autres se souviennent d'un rayon de lune
assis sur les lèvres d'une passante gracile

je dois un kilo de sel marin
à la fourmi noire
qui me fit don de ma première douleur
cette douleur-là me fit faire

le tour de mon village
un tournesol à la main
je rencontrai des femmes
qui avaient leurs lunes
des enfants qui mangeaient des braises
se préparant ainsi
à l'orphelinat

puis
une pucelle idiote m'ouvrit son sexe
pour pisser sur ma douleur déjà purulente
dieu seul sait comme j'ai joui
et revenant sur mes pas plus vaillant
je ne rencontrai que des arbres
qui portaient les fruits des uns les autres
arbres quand même
mais pas un membre de ma famille
sur leurs branches
dans l'un des arbres monta la voix de Sammy
comme un chant de rivière claire
dans l'herbe verte
m'étourdissant du tapage universel
que singeaient des gibbons versatiles

un chrétien ne comprendra pas
ce que peut évoquer pour moi
saint georges et sa poésie intime
Sammy la païenne ne le sait plus
nous étions dans les vignes folles

et caressions la mer pour pleurer
entre les aiguilles de pins
son agonie mon agonie notre agonie ô vierge
mais l'amour n'étant pas une vertu chrétienne
je n'ai été la joie de personne
face au dos des hommes
tous chrétiens tacitement
m'opposant la croix d'un dieu trahi
que je trahis pour être fidèle
à Sammy

face dos de face
dix derrières fessus fourbus
de femme de tête debout
derrière ces femmes
couchée une femme en couches
craque son bassin dilate son sexe
toute cette souillure
devant dix autres femmes
dos de face debout
puis qui posent fesse à terre
et qui n'ont ni joie ni peine
l'une d'elles lèche la portée
quelque part entre l'anus et son sexe de mâle
un ange halluciné chante
*il est né le divin enfant*

je me suis retrouvé
sur une plage mondaine

une vaste anémone sur la tête
pour toute chevelure
assis devant la mer mon tournesol à la main
apprivoisant des coccinelles
pour contempler les sept étoiles noires
sur leur robe de sang
je m'endormis noyé dans une conque marine
mon corps pris par la houle du soir tombant
celle qui m'aimera ai-je rêvé
aura sept véhémences
sur la chair de son dos rouge
l'une près de la nuque
pour la luxure

j'avais déjà vu le dos de plus d'une femme
quand s'envolèrent mes coccinelles
me laissant navré sur une plage trop mondaine
mon anémone de chevelure iodée
et chemin faisant
il m'est venu le mal du pays
— quel pays
— le congo
— quel congo nom de dieu
— oh non non je n'ai pas le mal du pays
mais j'ai mal ah ah ah
ce mal me fit faire le tour de ma tête
le cœur à la main ouvrant plusieurs portes
sur l'une je lus ce qu'on y grava
    conquérant tu ne seras
    pied bot tu auras
et des litanies en haillons
            pour sainte anne du congo

*« sonnez sonnez toujours, clairons de la pensée »*
mais quelles murailles s'écrouleront
quel congo reconquérir
j'ai câliné ma conscience
lui brûlant même tous les encens
dors ma conscience dors
demain le jour viendra
c'est quel congo mon pays
demain le jour viendra
il y aura des fenêtres dans le ciel
avec des femmes agitant les madras du délire

je câlinai ma conscience
un oiseau chanta dans ma conscience
et je m'endormis pour revenir sur mes pas
sans même rencontrer un seul arbre
sur lequel lire comment des pieds et des mains
ma famille fit fortune

nu corps et âme nue
je suis un homme sans histoire
un matin je suis venu noir
contre la lumière des soleils couchants
crachant mon cœur
pour chaque hymne
berçant mon cœur
puis plus une pucelle ne pissant plus
sur ma douleur comme au temps naguère
en m'ouvrant son sexe pour me sauver
mon âme n'est plus qu'une mauvaise chair
mais j'allais toujours
selon que je rencontrais des congolais
d'esprit protestant catholique chinois

ou nègre
mon cauchemar me ressemblait
aussi mort je n'aurai pas la mort légère

J'ai bien le mal du pays
— mais de quel pays
— le congo le congo

l'écho a longuement pissé sur moi
ahanant
j'eus envie de faire l'amour
avec ce fleuve
l'ayant fait j'ai joui de toute mon âme
ma voix percutant la brousse en délire
m'est revenue nombreuse avec trois siècles
de morts qui ont pissé sur mon mal du pays
l'eau du fleuve prolixe
et j'ai joui en avalant toute ma tristesse

Me revoici devant la mer
la mer n'obéit plus qu'aux seuls négriers
pas une vague ne chante
le temps est sans douleur
plus une coccinelle
nullement la mer ne bouge
pas une baigneuse
le sable est net et la mer est proche
je me sens coupable de ne pas tendre la main
la pluie ruisselle sur mon corps

Qu'il ferait bon vivre
si seulement une vague chantait
un nom de femme ou de fleur
dans mes narines pour mes narines

J'ai longtemps été sans mémoire

puis le couac
comme une machine infernale sur ma tête !

— des gens du siècle !
— où ces gens ?
— des gens du siècle !
— quoi ces gens ?
— bras et corps poings levés !
   corps et âmes poings levés !
   des gens, poitrail au vent,
   sortent leur corps du silence des nuits,
   pour le battre contre l'écume
ceux qui étaient sans pitance ont un chemin

Quel pays...
mais oui je délire
Attachez une pierre à ma mort
que j'ai lourde sur le cœur

en attendant demain
un enfant soliloque
un corbillard passe :
j'ouvre mon cœur pour le saluer.

## ÉQUINOXIALE

La lune répandit
tout le sang d'une femme
en guise d'holocauste
aux étoiles de mer

la lune prit l'enfant
d'une femme
crêpant de sa lumière
bleue de mort les cheveux
de cette femme mère

l'hirondelle leur juge
avant justice faite
mourut d'un mal d'amour

une femme la même
sans cils car mère en deuil
caressa de son ventre
le règne végétal
et se refit des forces
tint tête à une lune
meurtrière et maudite
elle guerroya vainqueur
portant à ses chevilles
une lune en tribut
par une nuit d'équinoxe
retrouvant désolée
trois siècles de sa vie
sur le champ de son corps

en jachère où grouillait
une herbe galopante
chevauchée par des djinns
une herbe baïonnette
au canon des orages

elle pensa que c'est là peut-être
une herbe des savanes
simplement polissonne
l'herbe montra ses griffes
c'est une herbe vandale
en témoigne la lune
et cette herbe
envahissant le corps
de cette femme mère
la mère lui tint tête
ouvrant large ses bras
sur le champ de son corps
son sexe musicien devant
noir de soleil ardent
la guerre commença
par une tiède saison de labour

une femme attela une charrue au temps
la nuit s'ouvrit hirsute et cannibale
et deux constellations se versèrent dans son semoir
et labourant suivie d'oiseaux migrateurs
enfouissant l'éclair dru de son soc d'acier
dans le cœur de sa chair
elle ne geignit pas
mais
du geste de la main
rectifiant à gauche la droiture du sillon

elle fit un champ de ses bras qu'elle ensemença
oublieuse des oiseaux migrateurs
que le temps portait à sa traîne

une femme la même
changea son soc d'acier
contre un croissant de lune
enfouissant l'éclair dru de son soc de lune
dans la chair de son cœur
son sillon fut un fleuve
l'herbe germa nouvelle
elle chanta sa joie
aucun fruit n'eut jamais en partage
les sucs suaves de sa voix une femme comme le jour
la terre ouverte eut la tristesse de sa chair ouverte
la terre ouverte chante en chœur avec un fleuve

une femme laboure suivie d'oiseaux
dans son âme se meurt une nuit cannibale
les morts frémissent à chaque aller du soc
sa main est plus douce que la nuit sur son âme
et le fouet qu'elle cingle au flanc du temps
rythme une marche solaire

celle qu'un dieu soudard souilla
montre l'eau d'un fleuve
chantant la liberté de son rêve
une femme laboure
trace un sillon pour écrire l'éternité
et sème ses étoiles
sur le bord de son corps
un enfant soliloque...

## LE CORBILLARD

AMANT de mes illusions
je n'ai jamais ri
je n'ai jamais montré mes dents à personne
je ne sais dire ni la joie ni la peine
personne ne m'a jamais causé de joie
personne ne m'a jamais peiné

je ne sais rien de ce que raconte l'orage
où commence l'histoire de congo
est-ce quand il tonna
où finit-elle
quand la géographie
et la géo-histoire
se mêlent-elles où conjointement
face à face sexe et source
face à face fleuve et terre
je n'en sais rien mais rien
et j'ai tiré prétexte de ma carie dentaire
pour me taire
décemment

quels souvenirs devoir à mon cerveau d'adulte
les buffles noirs paissaient les longs cils d'une femme
la première qui fut terrible et hautaine
cette femme crachait le feu dans ses langueurs
son noir regard était le soleil des jours noirs
mes jours trop blancs trop noirs des longs hivers
toxiques

fougueuse quand les buffles broutaient ses longs cils
la bien heureuse la voluptueuse ma sœur
je n'ai jamais parlé de bouche à bouche avec
ni posé ma bouche à même ses paupières
bien heureuses voluptueuses enjôleuses

quels souvenirs devoir à mon cerveau d'enfant
j'avais à l'estomac le cancer d'un amour
la fourmi dans la nuit marcha l'arme à la main
contre des hommes
qui tant dansèrent
depuis des siècles
sans arrêt morts ou vifs et buvant leurs sueurs
ils mangeaient des écorces
bouillies sous leurs aisselles
dans leur pureté d'âme ils montraient des mains lourdes
du poids des pierreries qu'ils lavaient dans leurs yeux
où chaque enfant versait l'eau claire d'un clair rire
n'ayant jamais pensé qu'on meurt de trop danser
ils montraient dans leurs mains un cœur liant l'herbe
au chant d'un oiseau-lune

devant une lune pathétique et moribonde
le mauvais sang de cent vierges caillant
jusqu'aux jointures de leurs mains
la fourmi et sa race
la nuit et sa progéniture d'étoiles
lâches
la fourmi et la nuit des criquets à leurs poings
des criquets chaussant des chenilles d'acier brut
à qui mieux fait des morts les ont tués ces hommes

par ce temps tiède et mauve
des nuits lunaires
les momies de leurs corps
que la honte embauma
vibrent et chantent lentement
au souvenir de mon enfance
la marche qu'une hyène rythma
à pas lents
un souvenir d'enfance et rien de plus

la terre
dans l'herbe
détourna les yeux d'une mère délirante
des pas d'un orphelin
cet orphelin n'a jamais craché sur la terre
d'aucun pays l'orphelin aurait pu pleurer
mais pleurer quand il tonne est-ce encor de bon sens
un bel oiseau tombait sur la terre muet
quand un déluge abrupt
fondit
sur l'espace d'une main étroite des siècles
et des siècles

les siècles et l'orphelin allaient donc les pieds nus
dans l'herbe qui chantait des goujateries crues
dans la nuit sans arrêt des siècles sans arrêt

je baisais les collines
près d'un fleuve triomphant

moi paré de fougères
                                        elles vêtues de fleurs
un matin le soleil cracha sa bile et dit
levez-vous avec moi, couchez-vous avec moi
je suis celui qui est
                                    le soleil des amours
un coq aux plus belles couleurs de plumes dit
c'est pure fantaisie il chanta sans arrêt
que vois-tu orphelin que sens-tu orphelin
je vois je sens le jour je le vois je le sens
que sens-tu orphelin que vois-tu orphelin
je sens je vois la nuit je la sens je la vois
le coq chanta
                        qui est le soleil c'est toi le coq
cet orphelin délire ainsi depuis des siècles

j'avais ma carie dentaire
je n'ai jamais pu dire à l'orphelin que non
ce soleil n'était pas le soleil
qu'une pipe ressemble bien plus au soleil
que ce coq aux plus belles couleurs de plumes fausses
que je n'ai jamais vu le soleil face à face
car il fait nuit depuis des siècles sans arrêt
depuis des siècles

l'orage a gaulé les arbres
les hommes n'ont plus dansé
je me suis approché de l'orage
pour voir tomber la pluie de plus près encore
autour dc mon corps
mon âme se dressa contre un essaim de sauterelles

je confiai mes dix doigts à mon âme
pour défendre chaque brin d'herbe contre l'orage
depuis des siècles je cherche le feu
qui remettra mes doigts d'une mort lente
je les comptais ivre de mon enfance
lorsque insidieuse
une pluie de limaces de crapauds
une pluie de criquets de ténias noirs
tomba insidieuse sur toute mon âme
toujours ce regret de la vie
oh l'atroce dérision

l'orphelin est mort dans l'orage
en fumant une pipe en terre
de cette terre où vint tonner
une dynamite
pendant de longs siècles pestiférante
l'orphelin est mort trop ivre
d'avoir fumé le soleil blond
dans une pipe en terre fougueuse et grasse
de cette terre congolaise
sanglante
dans sa griserie il chantait
puis les siècles grincèrent emplissant mon âme
du mugissement lent des vaches occitanes

le corbillard passe sous ma fenêtre
j'ouvre mon cœur pour le saluer
le vent bruit aux feuilles des arbres
et c'est à peine si je me souviens de ma vie

orphelin mon complice
il y avait tant de fleurs entre nous qui chantaient

j'ai eu le prétexte de ma mort civique
pour en commençant l'histoire de congo
oublier ma carie puis parler décemment

les poings levés en jungle
firent une musique
sur un fleuve j'entrai dans le corps de ton âme
chantant ton âme et corps en vain
au col des corbeaux noirs je lus ma joie manquée
un éclair écorcha l'écorce crue d'un arbre
dont on gaula les fruits en vain
un aigle ivre laissa chanter le rossignol
qu'il dépouille depuis en vain
depuis tout seul se meurt l'orphelin mon complice
dévotement l'orage
le dépouille de son âme
en vain
face à la jungle rouge
des feux couleur de sang

de sa bave
engluant les fauves qui fols s'y sont frottés
à l'orée des bois verts le crapaud un stylet
sur la langue
pantelant et jouisseur décortique leurs yeux
en oublie l'orphelin à l'orée des bois verts
sans corbillard sans âme
pour ouvrir le cortège
mes poings levés en jungle
firent une musique
de tous les astres d'une nuit d'équinoxe

puis les siècles grincèrent
de la source à la mer
venant du ciel venant de la terre
roulant des siècles et des siècles
sans arrêt toujours
fleurissant l'arbre à pain dont l'écorce fut bonne
voici son lit mortuaire
l'estuaire d'un fleuve à la mer
et suivant l'épave depuis des siècles
ceux qui pleuraient dansaient
ceux qui dansaient pleuraient
mettaient la terre dans leurs visages
mettaient leurs visages dans la terre
dans cette terre congolaise
la nuit était leur deuil

parfois dans la nuit
un éclair montrait la joie
en écorchant l'arbre
en vain gaulé par l'orage

un éclair montrait la joie
je n'aperçois de vivant
que cet orphelin ressuscité
qui se fait la tête à toutes les idées
des idées terre-cuite des idées terre-morte
où vint tonner tout juste
un pet de vautour noir

orphelin mon complice
l'orage me dépouille de mon âme
j'en oublie ma carie dentaire
et je danse avec ceux qui dansent

sans avoir jamais su rire
comme ceux avec qui je danse ma mort

dors mon orphelin mort
si la lune ici passe
retiens-la orphelin
c'est ta chance de voir
le soleil à minuit
en terre congolaise
à minuit le soleil
se montre à tous les morts
dors dors parmi les djinns
si tu choisis la vie
je te prête ma langue
elle te sera douce
douce fut mon aimée
elle est parmi les djinns
elle rit dans mon ventre
je la veux sur ma chair
l'aimée qui fut terrible

Après l'éclair de joie
vint ma carie dentaire
je n'ai jamais ri
et n'ai jamais montré mes dents à personne

derrière chaque nuit
je marche derrière un corbillard
mais
quels souvenirs devoir à mon cerveau d'absent
la nuit porte mon deuil

# Table

## LE MAUVAIS SANG

700488 - Février 2017
Achevé d'imprimer par